Mina la fourmi

Texte d'Anne-Marie Chapouton
Illustrations d'Érika Harispé

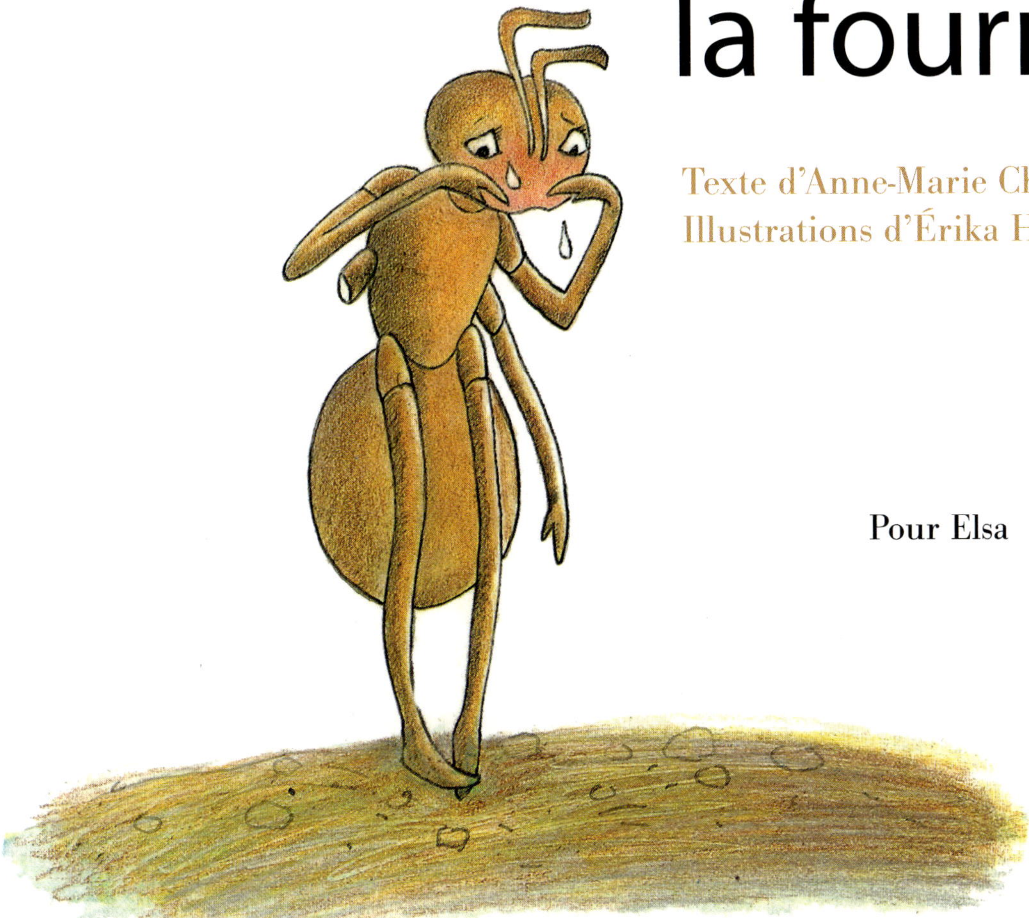

Pour Elsa

Albums du Père Castor Flammarion

ISBN : 2-08-160190-7 - ISNN : 0768-33-40

Dans un coin de la fourmilière,
Mina la petite fourmi pleure.
Ce n'est pas une fourmi
comme les autres,
elle est née avec cinq pattes
au lieu de six.
Personne ne sait pourquoi
elle est née comme ça.

- Je ne suis pas comme les autres,
je suis laide
avec cette patte en moins ;
et tout le monde pense en me voyant :
« La pauvre petite ! »

WC

Au bout d'un moment,
Mina sèche ses larmes
et elle reprend un peu de courage,
oh ! juste un tout petit peu,

parce que ce n'est pas drôle
de pleurer toute seule
au fond d'une fourmilière
quand on a une patte en moins.

Mina descend
à la salle des graines.
Les ouvrières qui travaillent lui demandent :

– Qu'est-ce que tu veux, ma chérie ?
Mina répond fièrement :
– Travailler, vous aider,
faire comme vous.
– Ma pauvre petite, quelle idée !
Tu ne ferais que nous gêner,
et puis tu te fatiguerais.
– Le rangement des graines,
ce n'est pas pour les fourmis qui...
les fourmis que...
enfin, c'est pour les fourmis
qui... ont toutes leurs pattes.
– Va donc te reposer, petite.

Et tristement,
Mina repart dans les couloirs.

Elle arrive
devant la chambre de la reine.

Là, se trouve l'énorme fourmi
qui pond des œufs tout le temps.
Elle est entourée de servantes
qui la brossent, la lèchent,
la peignent pour qu'elle brille
dans toute sa beauté royale.

– Qu'est-ce que c'est ?
demande Sa Majesté
en voyant Mina entrer.
– Je... je voudrais vous aider,
vous brosser, vous lustrer,
vous nettoyer la figure
et les poils des antennes,
ou tout ce que vous voudrez !

La reine prend un air poliment dégoûté
et dit à mi-voix :
– Mais elle est infirme !
Otez-la de mon regard.
Ça me rend triste,
et quand je suis triste
je n'arrive plus à pondre.

– Ça y est ! hurle la reine.
Je sens que j'ai un œuf coincé !

Les servantes jettent Mina dehors
en lui disant :
– Tu n’as pas honte ?
Faire coincer un œuf royal !

Et Mina se retrouve
à nouveau dans les couloirs.

En arrivant
devant l'étable à pucerons,
elle s'arrête et regarde les travailleuses
qui sont en train de traire les pucerons.
Les fourmis lèvent la tête en disant :

– Bonjour !
– Tu vas bien ?
– Tu n'es pas trop fatiguée ?
– Tu n'as pas fait de cauchemars ?
– Tu as bien digéré ?

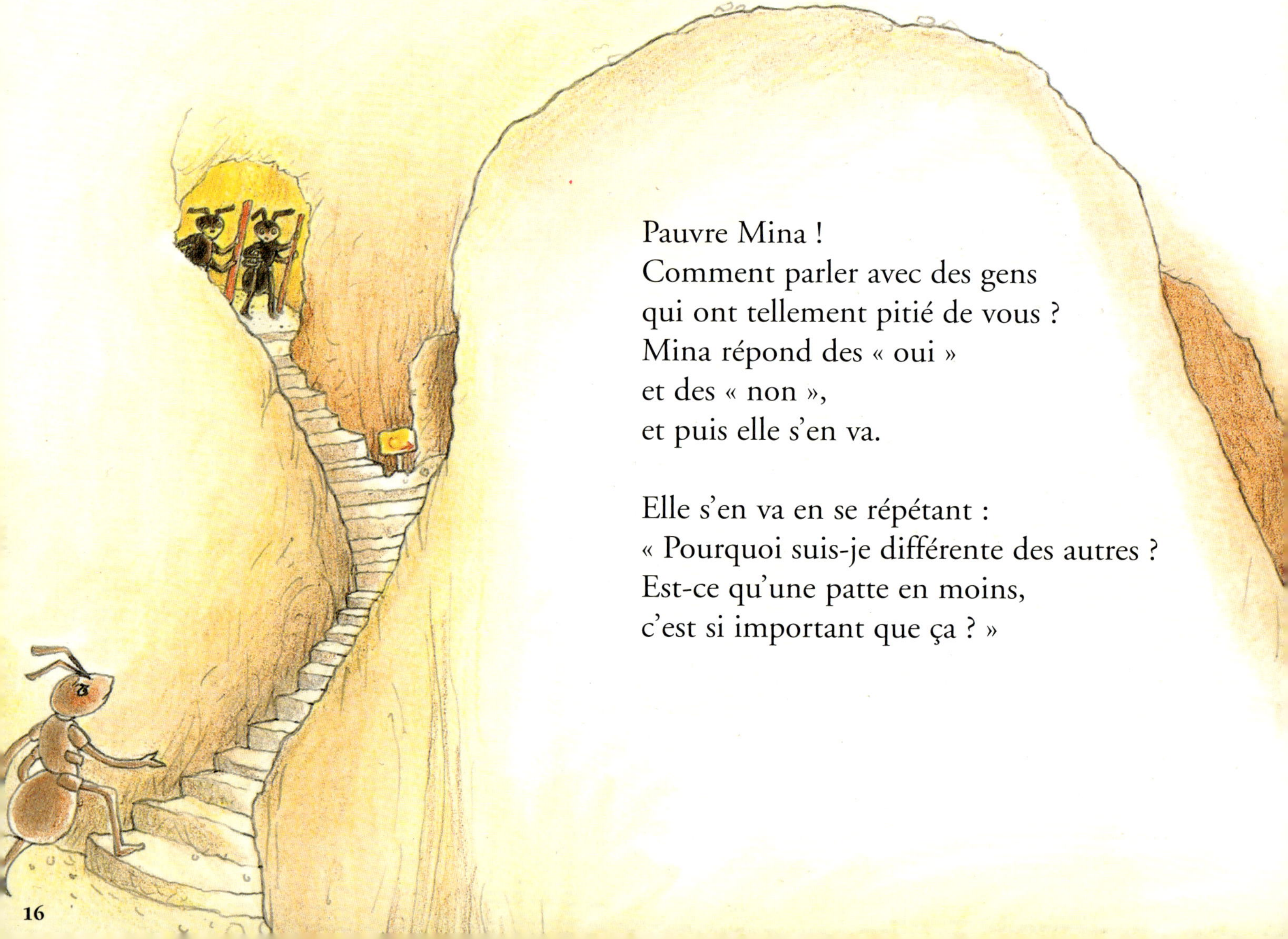

Pauvre Mina !
Comment parler avec des gens
qui ont tellement pitié de vous ?
Mina répond des « oui »
et des « non »,
et puis elle s'en va.

Elle s'en va en se répétant :
« Pourquoi suis-je différente des autres ?
Est-ce qu'une patte en moins,
c'est si important que ça ? »

Au bout du couloir,
c'est la sortie de la fourmilière.

Tout essoufflée, Mina débouche au grand jour.
Les pâquerettes sont des soleils géants.
Les feuilles d'herbe tremblent,
les gouttes de rosée brillent de mille reflets.

Mina regarde, émerveillée.
Et puis elle écoute.
Partout, des bruits légers :
des « crouic », des « crac », des «chouououttt », des « frrrrt »...

Tout le monde des animaux est au travail :
chacun à sa place,
chacun à son petit train-train.

Alors, Mina respire très, très fort.
Et elle dit :
– Non ! Ça ne se passera pas comme ça !

Et la voilà qui redescend
dans la fourmilière.

En passant devant la chambre royale,
elle crie bien fort :
– Grosse Madame la Reine,
ça m'est égal
que vous n'aimiez pas me voir !
Moi, je n'aime pas tellement
vous voir non plus.

Puis elle descend, elle descend,
elle descend jusqu'à la salle des bébés.
C'est là qu'on ouvre les cocons
pour aider les nymphes à sortir.

– Je viens vous aider à ouvrir les cocons,
annonce Mina.

– Ce n'est pas la peine...
commencent à dire les ouvrières.

Mina répond :
– Si, justement, c'est la peine !
Si jamais vient au monde
une petite fourmi à qui il manque une patte,
comme à moi, ou une antenne, ou une mandibule...
Que saurez-vous lui dire ?
Moi, je lui expliquerai qu'en dedans,
elle est tout à fait comme les autres.
Et moi, elle me croira.

Les ouvrières regardent Mina
et elles lui disent :
– Allons, Mina, au travail.

Aubin Imprimeur, Poitiers - 04-2000 - Dépôt légal : mai 2000 - Flammarion et Cie, éditeurs (N° 0189) - N° d'impression P 59858
Loi n° 49-956 du 16 juillet 1949 sur les publications destinées à la jeunesse